MARO.

Charles Bukowski

Der Andere

Erzählung

Fotos von
Michael Montfort

Aus dem Amerikanischen
von Carl Weissner

MaroVerlag

»Don't try«
Henry Charles Bukowski jr.
(1920 - 1994)

Als es mir das erste Mal auffiel, lag ich im Bett. Die Tür zum Badezimmer war nicht ganz zu, und durch den Spalt sah ich, dass vor dem Spiegel - so kam es mir jedenfalls vor - ein Mann stand, der eine täuschende Ähnlichkeit mit mir hatte.

»Hey!« schrie ich. Mit einem Satz war ich aus dem Bett und stürzte in Richtung Bad. Als ich reinkam, war es leer, das heißt keiner da. Ich war schwer verkatert, also legte ich mich wieder hin. Der Radiowecker stand auf 13.32 Uhr. Ich machte mir Gedanken über das, was ich gesehen hatte - oder glaubte gesehen zu haben. Dann verdrängte ich die Gedanken. Die Zeit reichte noch, um ein paar Pferderennen zu erwischen. Ich stand auf und zog mich an.

Ich kam rechtzeitig zum dritten Rennen raus. Es war Mittwoch und nicht viel Betrieb. Ich machte meine Wette im dritten Rennen, und als ich sie verloren hatte, ging ich rüber an den Stand und ließ mir Kaffee und ein Sandwich geben.

Meine Laune besserte sich. Die Rennbahn entspannte mich. Es mochte ein stupider Zeitvertreib sein, aber einen anderen Ort, der es genauso gebracht hätte, konnte ich mir nicht denken. Ohne die Rennbahn und ab und zu ein paar Drinks konnte das Leben ziemlich finster und sinnlos werden.

Ich aß mein Sandwich. Dann machte ich mich auf den Weg zum nächsten Trinkbrunnen –

PUP

in der Nordwestecke der großen Halle unter der Haupttribüne. Unterwegs hörte ich auf einmal Schritte hinter mir. Ich kann es nicht leiden, jemand im Schlepptau zu haben. Ich änderte die Richtung, aber die Schritte hinter mir blieben. Dann spürte ich, wie mir jemand auf die Schulter tippte.

»Entschuldigen Sie...«

Ich blieb stehn und drehte mich um. Der Mann fragte: »Können Sie mir sagen, wo das Herrenklo ist?«

»Drehn Sie um, gehn Sie an den Wettschaltern vorbei, und da hinten ist eine Treppe auf der rechten Seite, die gehn Sie runter.«

»Danke.« Der Mann drehte sich um und ging weg.

Ich stand da wie angewurzelt. Der Mann glich mir aufs Haar. Ich hätte ihn in eine Unterhaltung verwickeln sollen, dachte ich. Ich hätte ihn aufhalten und ihm auf den Zahn fühlen sollen. Er war jetzt fast an der Treppe zu den Toiletten. Dann sah ich ihn die Stufen hinuntergehen. Ich ging ihm nach.

Ich stieß die Tür zum Männerklo auf und ging rein. Er stand nicht an den Waschbecken. Ich ging um die Ecke und checkte das Pissoir. Da war er auch nicht. Also musste er in einer der Kabinen sein. Nur drei waren besetzt - unter den Türen hindurch konnte ich Beine sehen.

Ich beschloss zu warten. Ich lehnte mich an die gekachelte Wand und tat so, als würde ich das Rennprogramm studieren. Nach einer Weile kam ein Mann aus einer der Kabinen, ein mittelgroßer Schwarzer in einem Trainingsanzug. Er merkte, dass ich ihn über den Rand meiner Turfzeitung musterte, aber er gab sich friedfertig.

»Was Aussichtsreiches im nächsten Rennen?« fragte er.

»Nee«, sagte ich, »nichts.«

Er ging nach vorn zu den Waschbecken.

Eine weitere Kabinentür ging auf, und ein alter Mann kam heraus. Der arme Kerl war fürchterlich krumm. Er konnte kaum gehen. Trotzdem - die Rennbahn brauchte er unbedingt. Er war süchtig danach. Er ging an eins der Becken und wusch sich die Hände.

Jetzt blieb nur noch eine Kabine. Ich war entschlossen, den Kollegen zur Rede zu stellen, wenn er rauskam. Er musste doch gemerkt haben, dass wir genau gleich aussahen. Was führte er im Schilde? Warum hatte er nichts gesagt? Als er mich gesehen hatte, musste es für ihn gewesen sein, als würde er in einen Spiegel schauen ...

Ich sah, wie die letzte Kabinentür langsam aufging. Ich ging darauf zu. Ein Mann kam heraus. Er war Orientale. Ich war Weißer. Ein müder kalifornischer Weißer.

»Hör'n Sie mal«, setzte ich an.

»Ja, was ist?« fragte er.

»Nichts.« Ich drehte mich um und ging raus.

»Die Pferde sind am Start!« tönte es aus den Platzlautsprechern.

Ich rannte los und reihte mich vor einem Wettschalter in die Warteschlange ein. Vor mir war noch ein müder kalifornischer Weißer und vor diesem ein müder Lateinamerikaner. Der müde Lateinamerikaner hatte Sprachschwierigkeiten. Als er schließlich abgefertigt war, wollte der müde kalifornische Weiße zwei Dollar auf den Favoriten setzen. Solche Arschgeigen brem-

CASH & BET

sen jeden Tag den Betrieb an den Wettschaltern. Endlich machte er Platz.

Ich war am Schalter. Ich knallte dem Mann einen Zwanziger hin.

»Zwanzig Sieg auf die Neun!« schrie ich.

»Was?« sagte er.

Es war Absicht. Er war ein Sadist. Ein Drittel aller Angestellten hinter den Wettschaltern sind Sadisten.

»Zwanzig Sieg auf die Neun!«

Er schickte sich an, das Ticket auszudrucken. In diesem Augenblick schrillte die Glocke, der Totalisator machte dicht, und die Pferde preschten aus der Startmaschine.

Ich nahm meine zwanzig Dollar wieder an mich und ging mir das Rennen ansehen. Es ging über eine Meile. Als das Feld in Sicht kam, hatte die Neun auf der Gegengeraden einen Vorsprung von anderthalb Längen und lief leicht und locker. Eingangs der Zielgeraden hatte das Pferd drei Längen herausgeholt. Auf halber Höhe der Zielgeraden waren es vier. Dann wurde es ein bißchen müde. Vier oder fünf Verfolger schlossen auf. Der Jockey gab ihm kräftig die Gerte, und im Ziel lag die Neun immer noch mit einer Länge vorn.

Ich ging mir einen Kaffee holen. Als ich wieder an meinen Platz kam, leuchteten die Quoten auf. Die Neun zahlte 18,70. Dieser elende Sadist hatte mich um 354 Dollar gebracht.

Ich blieb draußen. Ich lief herum und suchte nach dem Mann. Er war nirgends zu sehen. Ich sah eine Menge hässliche Menschen, ein paar Arschgeigen, einen Mörder oder zwei, aber ihn sah ich nicht wieder. Nach dem achten Rennen ließ ich es sein und fuhr nach Hause.

Ich parkte das Auto und ging den Weg zu meiner Bude runter. Ich schloss die Tür auf, und als ich reinkam, sah ich, dass meine Freundin Carine da war. Die reizende Carine mit den unschuldigen braunen Augen, den schmalen Hüften und drallen Waden. Sie saß auf der Couch und hatte den Fernseher an. Sie hatte einen Schlüssel zu meiner Bude.

Sie schaute hoch. »Ich dachte, du wolltest Wodka holen. Wo ist der Wodka?«

»Was zum Kuckuck redest du da?«

»Du hast'n Wodka holen wollen, als du weggegangen bist.«

»Wo weggegangen?«

»Na hier. Vor schätzungsweise zwanzig Minuten.«

»Ich war vor zwanzig Minuten nicht hier. Ich war den ganzen Tag auf der Rennbahn.«

»Soll das ein Witz sein?« fragte Carine. »Weißt du nicht mehr, wie gut wir gebumst haben?«

»Was? Wann denn?«

»Heute mittag, Großer. Du warst gut. Du warst zur Abwechslung mal richtig gut.«

Ich ging in die Küche, goss mir ein halbes Glas Whisky ein, trank einen Schluck und machte eine Flasche Bier auf. Ich trug beides raus und setzte mich Carine gegenüber in einen Sessel.

»So, ich habs also tatsächlich gut gebracht, hm?«

»Und wie! Ich hab mich echt gewundert, was auf einmal mit dir ist.«

»Also jetzt pass mal auf, Carine. Sieh mich an - war ich so angezogen, als du mich zuletzt gesehn hast?«

»Nee, also wenn ich mirs recht überlege ... Als du gegangen bist, um Wodka zu holen, hast du ein weißes Hemd angehabt, eine dunkelblaue Hose und schwarze Schuhe. Jetzt hast du ein gelbes Hemd an, 'ne hellbraune Hose und braune Schuhe. Komisch ... Hast du dich irgendwo umgezogen?«

»Nein.«

»Was hast'n dann gemacht?«

»Gar nichts hab ich gemacht. Der Kerl, mit dem du im Bett warst, das war ich nicht.«

»Ach, jetzt hör aber auf!« sagte sie lachend. »Wenn du's nicht warst, wer solls denn dann gewesen sein?«

»Weiß ich doch nicht.«

Ich leerte mein Whiskyglas und trank einen Schluck Bier hinterher.

Carine stand auf. »Ich verschwinde hier. Ich mags nicht, wie du dich aufführst. Wenn du wieder bei Verstand bist, ruf mich an.«

»Is gut, Carine.«

Dann war sie aus der Tür.

Vielleicht wurde ich langsam verrückt. Aber ich war doch den ganzen Nachmittag auf der Rennbahn gewesen. Ich konnte nicht zuhause gewesen sein. Hatte ich mich vielleicht zweigeteilt? Vielleicht konnte ich an zwei Orten gleichzeitig sein und mich nur an einen von ihnen erinnern ...

Ich brauchte Hilfe. Aber ich wusste nicht, an wen ich mich wenden sollte. Niemand würde mir glauben.

Ich tat das einzige, was mir möglich war: Ich ging in die Küche, um mir noch einen Drink zu holen.

Dabei fiel mir wieder ein, wie der Mann auf der Rennbahn gekleidet war - weißes Hemd, dunkelblaue Hose, schwarze Schuhe ...

Mehrere Wochen vergingen, und es kam zu keinen weiteren Zwischenfällen. Ich traf mich sogar wieder mit Carine.

Das Leben ging weiter, dumpf und öde wie immer. Was die Sache vor ein paar Wochen anging, sagte ich mir, dass ich einfach vorübergehend ausgerastet war und mir alles nur eingebildet hatte. Ich ging dazu über, mehr zu trinken und riskanter zu wetten, um mich von unangenehmen Gedanken möglichst abzulenken. Schließlich sind die wichtigsten Dinge im Leben, dass man sich Kummer vom Leib hält und nachts gut schläft, stimmts?

So schleppte es sich also weiter bis zu jenem bewussten Tag. Es war wieder ein Mittwoch, nein, ein Donnerstag, und ich erwischte einen ganz guten Lauf bei meinen Wetten, und als ich am Freeway nach Hause fuhr, fiel mir im Rückspiegel ein Kerl in einem hellgrünen neuen Wagen auf, der mir ziemlich auf die Pelle rückte. Er berührte fast meine hintere Stoßstange. Ich trat das Gaspedal ein Stück weiter durch, aber er beschleunigte und blieb an mir dran. Naja, die Leute schleppen allerhand Hass mit sich herum, ihr Leben läuft nicht so ab, wie sie es erwartet haben, und der Freeway gehört zu den Orten, wo sie ihren Ärger abreagieren.

Ich wechselte die Fahrspur, um den Kerl loszuwerden, aber er machte es mir nach, und schon hing er wieder an mir dran. Ich hatte mir einen gottverdammten Spinner aufgehalst. Ich wechselte nochmal die Spur, stellte das Autoradio an und erwischte was von Mahler. Das

verhieß vielleicht ein bißchen Glück. Ich schaute in den Rückspiegel. Der Hundsknochen war mir gefolgt und fuhr schon wieder auf.

Ich tippte die Bremse an. Er tat dasselbe. Ich spürte einen leichten Stoß an der hinteren Stange. Er hatte mich tatsächlich geschubst. Ich spürte, wie mir das Blut in den Kopf stieg, hinten den Nacken hoch und um die Ohren herum. Ich wurde sauer. Es brauchte allerhand, bis ich mal sauer wurde, aber jetzt wurde ich es. Ich wurde nicht gern sauer, denn wenn ichs mal war, blieb ich es für geraume Zeit. Ich hatte für die anderen nicht viel übrig, doch wenn sie mich in Frieden ließen, ließ ich sie auch in Frieden. Jetzt aber wurde ich sauer.

Ich schaute in den rechten Außenspiegel und den Rückspiegel und wechselte blitzartig auf die langsame Spur. Vor mir ein Lieferwagen, hinter mir ein Caddy. Damit war ich den Bastard los. Aber sauer war ich immer noch. Er fuhr jetzt links von mir ein Stück voraus. Ich sah meine Chance, wechselte nach links und hängte mich an seine Stoßstange. So, jetzt hatte ich den Wichser. Ich sah sein Nummernschild: 6DVL666.

Er fuhr wieder rechts rüber, aber ich blieb an ihm dran. An der nächsten Ausfahrt scherte er plötzlich aus. Ich folgte ihm, als würde ich an ihm kleben.

Ich sah seine Augen, als er in den Rückspiegel schaute. Er wirkte verängstigt. Dazu hatte er auch allen Grund. Wenn ich sauer war, wurde ich zum reißenden Tiger. Mehr als ein paar Typen hatten das schon feststellen müssen.

Am Boulevard bog er rechts ab, und ich blieb an ihm, Stoßstange an Stoßstange. In flotter Fahrt ging es auf eine Ampel zu. Die Kreuzung

320i
CALIFORNIA
656 XTX

vor ihm war leer. Die Ampel sprang auf rot. Er gab Gas. Ich ließ nicht locker. Von drüben fuhr auch einer bei rot durch und kurvte auf mich zu. Er trat auf die Bremse, erwischte mich aber hinten und riss mich halb herum. Ich fing den Wagen ab und setzte weiter meinem Freund nach. Er versuchte den Abstand zu vergrößern. Irgendwie hatte meine Karre mehr Biss, und ich schloss wieder zu ihm auf.

Diesem Hundesohn würde ich in die Hölle folgen. Ich würde ihn in die Hölle bringen. Ich hatte zuviele verkorkste Ehen hinter mir, zuviele elende Jobs, zuviel von allem, um mir von einem wie dem etwas bieten zu lassen.

Die nächste Ampel stand auf rot. Er hielt und wartete. Ich saß ihm direkt auf der Stoßstange. Einen Augenblick dachte ich daran, aus der Karre zu springen und es ihm gleich zu besorgen.

Aber seine Fenster waren zu, und wahrscheinlich hatte er eine Zentralverriegelung. Na, ich würde schon einen Weg finden.

Die Ampel wurde grün, und ich folgte ihm. Er fuhr auf die Innenspur. Ich hinterher. Wie der Tod. Sein Tod.

Plötzlich bog er in eine Seitenstraße ein. Ich blieb dicht hinter ihm. Dann machte er einen Fehler: Er bog wieder ab und geriet in eine Sackgasse. Jetzt hatte ich ihn.

Er hielt an der Laderampe eines verlassenen Lagerhauses. Mit dem Kühler dicht an der Rampe. Ich hielt hinter ihm, so dass er eingeklemmt war.

Er saß in seinem Wagen, ohne sich zu regen. Seine Fenster waren immer noch oben. Ein Autotelefon, mit dem er Verstärkung hätte rufen können, hatte er offensichtlich nicht.

Ich saß hinterm Lenkrad und überlegte, was ich tun sollte.

Ich konnte ihm aus sämtlichen Reifen die Luft rauslassen. Ich konnte seinen Wagen ramponieren - die Fenster, das Blech. Aber ich wollte ihn. Ich wollte ihn ramponieren.

Aus meinem Radio kam noch immer eine Sinfonie von Mahler. Wenn sie zu Ende war, würde ich aussteigen und etwas unternehmen. Ich hatte Zeit. Jede Menge Zeit. In meiner Bude saßen keine scharfen Miezen, die auf mich warteten.

Wir hockten da. Ich fragte mich, was ihm wohl durch den Kopf ging. Bestimmt würde er bei keinem mehr so dicht auffahren.

Der Mahler tönte, und wir warteten um die Wette. Dann, noch ehe die Musik zu Ende war, ging seine Fahrertür auf, und er stieg aus.

Das kam unerwartet. Es brachte mich ein wenig aus dem Konzept. Er nahm also meine Herausforderung an. Er bewies einigen Mumm. Er stellte mich auf die Probe. Gut. Gut so, verdammt.

Ich stieg aus meiner Karre. Jetzt sah ich ihn deutlich. Natürlich war es er.

Ich ging auf ihn zu.

Er wich nicht zurück. Er hatte drei oder vier Schritte Platz nach hinten, aber er rührte sich nicht von der Stelle. Einen Meter vor ihm blieb ich stehen.

»Okay, Arschloch. Raus damit.«

»Raus mit was?«

»Warum legst du dich mit mir an? Was willst du? Wer bist du?«

»Das ist meine Angelegenheit.«

»Du redest ziemlich cool daher für einen, dem ich gleich den Arsch von hier bis Honolulu trete.«

»Das wollen wir erst mal sehn.«

»Yeah?«

»Yeah.«

»Du hast den Bogen überspannt, als du meine Freundin gefickt hast.«

»Nettes Girl«, sagte er und grinste. »Ganz schön enge Muschi.«

Ich ging mit einem rechten Schwinger auf ihn los. Er duckte sich darunter weg und richtete sich wieder auf.

»Bißchen mehr musst du schon zeigen.«

»Werd ich auch. Ich mach dich fertig.«

»Versuchs doch.«

Ich täuschte eine Rechte an und erwischte ihn mit einer Linken hinterm Ohr. Er schüttelte den Kopf, als wäre er benommen, dann zückte er plötzlich seine Rechte heraus und knallte mir an die Stirn. Er war nicht schlecht, aber ich spürte, dass ich ihn schaffen konnte. Ich setzte ihm mit beidhändigen Schwingern zu wie bei einer Straßenkeilerei. Er schlug zurück, und ich steckte ein paar zünftige Treffer ein, aber ich hatte das Gefühl, dass ich ihn in den Griff bekam. Seine Schläge wurden weniger, ich konnte besser sehen und stellte ihn mir zurecht. Ein linker Haken in die Magengrube, dann der rechte Uppercut. Er fiel um und landete auf dem Rücken. Ich trat ihn nicht, sondern machte einen Schritt zurück und wartete darauf, dass er wieder aufstand. Ich wollte ihm eine gute, altmodische, brutale Abreibung verpassen, an die er sich nicht nur im wachen Zustand, sondern auch noch im Schlaf erinnern würde.

Er stand auf, schüttelte den Kopf und ging langsam zu seinem Wagen.

»Nützt dir nichts, Baby«, sagte ich. »Ich geb dir auch noch den Rest.«

Er setzte sich kurz rein und stieg wieder aus.

In der Hand hatte er eine niedliche, kleine, schwarze Pistole. Eigentlich gar nicht so klein. Mit einer Waffe hatte man schon öfter auf mich angelegt. Das ganze Geheimnis ist, dass man nur noch das Loch vorne im Lauf sieht. Es ist ein faszinierendes Loch. Da wird es rauskommen. Das Loch ist wie das Auge einer Schlange, und man selbst ist der Vogel, das Karnickel oder sonstwas. Jedenfalls das Opfer. Es hat etwas sehr Endgültiges.

»So, Sportsfreund«, sagte er. »Steig in dein Auto, fahr es zurück, und ich verschwinde hier.«

»Ich fahr meine Karre nicht zurück.«

»Willst du lieber sterben?«

»Nein.«

»Dann fahr dein Auto zurück.«

»Ich will wissen, warum du es auf mich abgesehen hast. Was hast du davon? Was hat es zu bedeuten? Warum siehst du mir ähnlicher als ich selber?«

»In deiner Lage hast du keine Fragen zu stellen.«

»Wenn du denkst, du kannst mich stoppen, dann drück doch ab, du Arschloch.«

Ich ging auf ihn los...

Als ich wieder zu mir kam, war er verschwunden. Mein Auto stand noch da. Ich betastete meinen Schädel. Eine Platzwunde. Er hatte mir mit der Pistole eins übergezogen. Das Blut tröpfelte herunter. Ich nahm mein Taschentuch raus und hielt es eine Weile drauf. Ich ging zu meinem Auto. Er hatte es ein Stück zurückgefahren. Die Schlüssel hatte er mir aus der Tasche genommen. Ich öffnete die Fahrertür. Der Zündschlüssel steckte. Ich stieg ein, wendete und fuhr zurück auf den Freeway.

Als ich das Radio anstellte, brachten sie gerade Mozarts Requiem in d-moll.

Sehr passend ...

Als ich in meine Bude kam, saß Carine auf der Couch und sah sich was im Fernsehen an.

»Was ist?« fragte sie. »Ich dachte, du wolltest nur schnell ne Flasche Wodka holen. Wo ist der Wodka?«

»Heiliger gottverdammter Strohsack«, sagte ich.

»Oh, du bist wieder besoffen«, sagte sie. »Ich gehe ...«

Ich saß am hintersten Tisch des chinesischen Restaurants und wartete. Der Mann, der sich hier mit mir treffen wollte, hatte schon zehn Minuten Verspätung. Vielleicht würde er gar nicht kommen? Allerdings war er mir von Leuten empfohlen worden, auf die eigentlich Verlass war.

Ich winkte den Kellner her und bestellte mir noch ein Bier.

»Und bringen Sie mir ein Chow Mein. Mit Krabben.«

Er ging nach vorn. Nach einer Weile kam er wieder und brachte das Bier.

Ich setzte die Flasche an und trank einen ordentlichen Schluck. Ich trank es nie aus dem Glas. Aus der Flasche schmeckte es besser.

Die Eingangstür ging auf, und ein Mann kam herein. Er machte einen recht angenehmen Eindruck. Ich erwartete einen, der eher nach einer harten Type aussah. Vielleicht war er es gar nicht. Er kam ins Lokal. An einem Tisch in der Mitte saß noch ein Mann, aber an dem ging er vorbei und steuerte meinen Tisch an. Er zog sich einen Stuhl zurück und setzte sich.

»Guten Abend«, sagte er.

»Yeah«, sagte ich. »Wie haben Sie gewusst, dass ich es bin?«

»Wir wissen so etwas.«

Der Kellner kam an den Tisch.

»Einen heißen Tee«, sagte der Mann. Der Kellner verschwand.

Ich beugte mich ein wenig vor.

»Was wird es mich kosten?« fragte ich leise.

Darauf er, genauso leise: »Wieviel haben Sie auf dem Konto?«

»Zehntausend.«

»Falsch. Zwanzigtausend.«

»Woher wissen Sie das?«

»Wir wissen so etwas.«

»Ist eine Menge Geld.«

»Das ist der Preis. Wollen Sie jetzt oder nicht?«

»Ja. Ich lass Ihnen einen Barscheck ausstellen, wenn alles erledigt ist.«

»Nein, alles in Scheinen. Hunderter. Gebrauchte.«

»Das wird schwierig.«

»Tun Sie's.«

»Wie soll ich es Ihnen zukommen lassen?«

»Das erfahren Sie noch.«

»Wollen Sie keinen Vorschuss?«

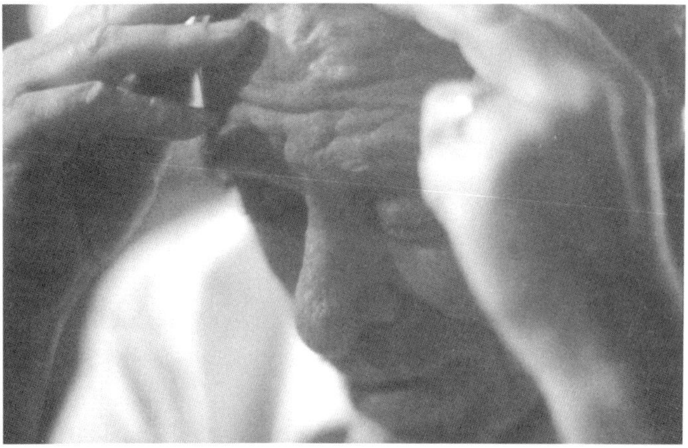

»Nein, wir kassieren alles auf einmal. Hinterher. Aber heben Sie es auf jeden Fall morgen schon ab. Alles klar?«

»Ja.«

Der Kellner brachte seinen Tee.

»Danke«, sagte er. »Aber bringen Sie mir bitte noch eine halbe Zitrone.«

Der Kellner ging.

»Wie wollen Sie wissen, ob ich zahle?«

»Sie werden zahlen. Und zwar dann, wenn wirs Ihnen sagen.«

Wir schwiegen. Er saß da und sah mich an.

Wir hatten uns die ganze Zeit in gedämpftem Tonfall unterhalten. Irgendwie kam ich mir vor wie im Kino. In einem Schundfilm.

»Ich trinke meinen Tee gern mit Zitrone«, sagte er, »Sie nicht auch?«

»Nein. Hören Sie, alles, was ich habe, ist das polizeiliche Kennzeichen von seinem Wagen. Wie wollen Sie ihn finden?«

»Wir finden ihn schon. Schreiben Sie die Nummer auf Ihre Papierserviette und schieben Sie sie rüber.«

Ich hatte einen Kugelschreiber. Ich schrieb die Nummer auf und schob ihm die Papierserviette hin.

»Danke«, sagte er.

Der Kellner kam und brachte ihm die halbe Zitrone. Er bedankte sich. Als der Kellner weg war, sagte ich: »Wissen Sie, der Kerl sieht genauso aus wie ich.«

»Das wissen wir.«

»Woher weiß ich, dass Sie nicht mich umlegen, statt ihn?«

»Wir mögen diesen Ausdruck nicht.«

»Wie soll ich es denn nennen? Welcher Ausdruck wäre Ihnen lieber?«

»Gar keiner.«

»Haben Sie Angst, dass ich ne Abhörwanze unterm Hemd habe?«

»Wir haben keine Angst. Und wir wissen, dass Sie nicht verwanzt sind.«

Er quetschte sich Zitronensaft in den Tee und trank einen kleinen Schluck. Er setzte die Tasse ab und sah mich wieder an. Ich fragte mich, ob er Familie hatte.

»Wie lange werden Sie brauchen?«

»Fünf Tage. Bis dahin ist alles erledigt.«

Der Kellner brachte mir mein Chow Mein und verschwand wieder.

»Das Essen hier ist nicht gut«, sagte der Mann.

»Übers Essen kann ich mir im Moment keine Gedanken machen. Hören Sie - wie soll ich wissen, wann Sie fertig sind? Und dass Sie's auch wirklich getan haben?«

»Sie bekommen Beweise. Wir achten auf unseren Ruf.«

»Ich seh nicht, wie Sie den Kerl finden wollen mit den paar Anhaltspunkten. Wir sind hier in einer verdammt großen Stadt. Vielleicht ist er schon gar nicht mehr da.«

»Wir finden ihn. Fünf Tage, und der Fall ist erledigt.«

»Kommt es denn nicht vor, dass mal einer redet?«

»Redet?«

»Ein Kunde, meine ich.«

»Der Kunde redet nie.«

Ich sah mein Chow Mein an.

»Ich weiß nicht, ob ich noch will, dass Sie's tun.«

»Uns ist es gleich. Wenn Sie's nicht wollen, kostet es Sie fünftausend. Falls ja, zwanzig.«

Ein Schweigen trat ein. Es dauerte gut drei Minuten. Dann sagte der Mann:

»Also wollen Sie oder nicht? Entscheiden Sie sich.«

»Ist gut. Tun Sie's.«

»Na schön«, sagte er. »Sie hören von uns.«

Er stand auf und schaute auf mich herunter.

»Verdammt«, sagte er, »wissen Sie, ich glaube, es hat seit sechs oder sieben Monaten nicht mehr geregnet. Das muss der Treibhauseffekt sein, meinen Sie nicht?«

»Ja. Ich glaube, sie haben uns die Stratosphäre versaut.«

»Bastarde«, sagte er. Dann ging er zum Ausgang und verschwand, ohne sich noch einmal umzusehen.

Das Chow Mein sah nicht gut aus. Ich trank mein Bier aus, winkte den Kellner her und ließ mir die Rechnung geben.

Ich beschloss, nicht mehr in dieses Lokal zu gehen. Es sah mir so aus, als könne man sich hier nicht wohlfühlen.

Vier Tage später, gegen sieben Uhr abends, fand ich einen Umschlag unter meiner Tür. Ich machte ihn auf. Er enthielt Fotos. Fotos von ihm. Tot. Er saß in einem Sessel. Aufrecht, aber ein bißchen mit Schlagseite nach rechts. Die Zungenspitze schaute ihm aus dem Mund. Und in seiner Stirn war ein großes Loch. Mir wurde es ein bißchen mulmig. Ich atmete tief durch, und die Benommenheit legte sich. Es waren acht

oder neun Fotos, aus verschiedenen Blickwinkeln aufgenommen. Und dazu ein Blatt Papier mit einer Mitteilung. Aus Buchstaben, die man aus einer Zeitung ausgeschnitten und aufgeklebt hatte.

Verbrennen Sie diese Fotos. Sofort. Und diese Mitteilung auch. Tun Sie's. Gleich.

Ich ging zum Kamin, hielt das Zeug hoch und zündete es mit dem Feuerzeug an. Ich ließ es fallen und sah zu, wie es verbrannte. Es stank. Die Fotos wahrscheinlich.

Asche zu Asche.

Er war tot.

Ich ging ins Schlafzimmer und setzte mich auf die Bettkante.

Das Telefon klingelte.

»Ja?«

»Haben Sie das Geld?« fragte der Mann am anderen Ende.

»Ja. Wie soll ichs Ihnen geben?«

»Machen Sie sich darum keine Sorgen. Bleiben Sie, wo Sie sind. Wir melden uns.«

Klick.

Ich stellte das Telefon weg und legte mich lang. Langsam bekam ich ein Gefühl, als hätte ich sumpfiges Moos oder irgendein schleimiges Zeug auf mir. Meine Zunge war trocken. Mir war gar nicht wohl in meiner Haut.

Ich hätte es nicht tun sollen, dachte ich. Ich hätte damit leben können. Jetzt kommt es mir nur noch schlimmer vor. Und ich werde nie mehr erfahren, was der andere wollte und was dahintersteckte.

Im Badezimmer war das Licht an. Die Tür war nicht ganz zu. Da sah ich es. Oder war es nur

Einbildung? Es kam mir vor, als würde ich da drin vor dem Spiegel stehen.

Ich sprang auf und rannte ins Bad. Niemand da. Nichts.

Dann hörte ich, wie draußen jemand an die Tür klopfte. Ich drehte mich um und ging nach vorn.

◆

Der Andere (The Other) sollte schon vor Jahren in der Originalsprache und mit Zeichnungen von Robert Crumb in der Hamburger Gingko Press erscheinen. Gingko-Verleger Mo Cohen wartet leider immer noch auf die versprochenen Zeichnungen.

Freundlicherweise gab er dem MaroVerlag die Erlaubnis, die Erzählung in einer deutschsprachigen Ausgabe zu publizieren - und damit als »Welterstveröffentlichung«.

Michael Montfort, der Charles Bukowski über Jahrzehnte als Fotograf begleitet hatte, suchte zu diesem Text sehr private, zum größten Teil bisher unveröffentlichte Fotos aus vielen Jahren aus.

Umschlaggestaltung: Rotraut Susanne Berner
Gesetzt in der Pisa von Linotype.
Gedruckt auf säurefreiem, alterungsbeständigem Werkdruckpapier »Design Offset 120g« der schwedischen Papierfabrik Munkedals.
Gesamtherstellung: MaroDruck Augsburg

Ein Titelsatz für diese Publikation ist bei der Deutschen Bibliothek erhältlich.
ISBN 3-87512-255-0

Charles Bukowski im MaroVerlag

- Gedichte die einer schrieb bevor er im 8.Stockwerk aus dem Fenster sprang

- Kaputt in Hollywood

- Schlechte Verlierer

- Das Leben und Sterben im Uncle Sam Hotel

- Irgendwo in Texas, Gedichte
  mit »Ein schlampiger Essay über das Schreiben und das verfluchte Leben «

BUK ◆ Von und über Charles Bukowski
Mit Fotos und der 5-farbig gedruckten Bildserie »Dear Mr. Bukowski «

Neeli Cherkovski
Das Leben des Charles Bukowski
Eine Biographie